Germinal

FichesdeLecture.com

Germinal
(Fiche de lecture)

I. INTRODUCTION

Germinal est un célèbre roman d'Émile Zola (1840-1902). Le treizième roman du cycle des *Rougon-Macquart* est publié pour la première fois en feuilleton dans la revue *Gil Blas*, de novembre 1884 à février 1885, avant de paraître en volume cette même année.

On ne présente plus la postérité immense de cette œuvre, tant socialement que dans la littérature française. Aujourd'hui encore, il s'agit de l'œuvre de Zola la plus lue et la plus adaptée (au théâtre, au cinéma, à la télévision…).

Émile Zola a construit une véritable fresque épique, humaine, mythique, sociale et pleine de symboles, qui plonge le lecteur dans un monde particulier, celui des mineurs du Nord de la France en pleine crise industrielle.

II. RÉSUMÉ DE L'ŒUVRE

Première partie

Une nuit de mars, Étienne Lantier arrive dans le Nord de la France à Montsou, où il entre en pension chez les Maheu, une famille de mineurs. La famille est composée des parents et de leurs sept enfants, parmi lesquels Jeanlin, Catherine et Zacharie. Les conditions de vie sont difficiles, et tous les personnages vivent dans la promiscuité. Suite au décès d'un mineur, Étienne Lantier est engagé à la mine, dans l'équipe de Chaval. Il est attiré par Catherine, ce qui motive aussi sa décision de rester. Cette dernière l'aide à se faire au métier, et Étienne devient un bon travailleur. Mais il s'inquiète de ses tendances alcooliques qu'il aurait héritées de par son hérédité. Étienne essaie d'embrasser Catherine, mais Chaval le devance.

L'équipe de mineurs doit payer une amende imposée par l'ingénieur Négrel, ce qui suscite des grondements de révolte. Étienne veut démissionner, et est accueilli au cabaret de Rasseneur.

Deuxième partie

M. Grégoire est actionnaire de la Compagnie. Il vit dans le bonheur et une demeure confortable avec notamment sa fille, Cécile. Grégoire refuse de prêter de l'argent à Deneulin (qui a modernisé la fosse Jean-Bart), et lui conseille de revendre sa mine, ce que Deneulin refuse.

Pendant ce temps, au coron, les rumeurs fusent sur les liaisons entre voisins, notamment entre Mme Hennebeau et Négrel...

Troisième partie

Étienne est un bon travailleur : il pousse les wagonnets dans la mine (il est herscheur). Il rencontre l'anarchiste Souvarine. Lantier veut créer une caisse de prévoyance et une section de l'Internationale, avec le soutien de Pluchart, son ancien contremaître.

En juillet, Maheu propose à Lantier de l'engager dans son équipe. Les mineurs sont de plus en plus révoltés, car leurs conditions de travail se dégradent toujours plus.

Zacharie se marie, et Étienne revient vivre chez les Maheu, toujours attiré par Catherine. Il entretient ses idéaux révolutionnaires, se cultive beaucoup, échange avec les Maheu. En octobre, les salaires des mineurs sont diminués, et la possibilité d'une grève est alors avancée. Jeanlin est infirme suite à un accident dans la mine. Catherine est contrainte de vivre avec Chaval.

Quatrième partie

La grève éclate en décembre. Hennebeau, le directeur de la mine, voudrait en profiter pour obtenir la mine de Deneulin, et la Compagnie refuse toute négociation. Maheu conduit une délégation de mineurs et annonce leurs revendications. En deux semaines, la grève est générale. Étienne affronte Chaval au sujet de Catherine.

Après une réunion clandestine, 10 000 mineurs de Montsou rejoignent l'Internationale. Mais l'hiver accable les mineurs, qui peinent à survivre. Étienne et Maheu réussissent à relancer leur enthousiasme.

Cinquième partie

Le travail reprend pour l'équipe de Chaval, à qui Deneulin a promis une position de chef. Mais les grévistes de Montsou sabotent le matériel et envahissent la fosse Jean-Bart sans qu'Étienne ne parvienne à les apaiser. Il oblige Chaval à suivre la manifestation qui envahit les autres fosses puis revient réclamer du pain à la compagnie.

Hennebeau fait appel à l'armée, et les mineurs se barricadent. Ils sont affamés, et l'épicerie Maigrat en fait les frais. L'épicier est tué par des femmes.

Sixième partie

Maheu est renvoyé et Étienne doit se cacher, soutenu par Jeanlin. L'armée a envahi les fosses. Lantier ne supporte pas ce climat de violence et rêve de politique. Chaval débarque chez Rasseneur et annonce qu'il va stopper la grève avec des recrues belges. Étienne se bat contre lui et l'emporte. Les soldats tirent sur la foule des grévistes, et Maheu s'écroule...

Septième partie

La grève est un échec et s'achève. Les mineurs en veulent à Étienne, qu'ils tiennent pour responsable de tous ces morts. Cécile et Négrel se fiancent, tandis que Deneulin vend sa mine à la Compagnie. Souvarine l'anarchiste sabote la mine du Voreux, car il est persuadé que seule la violence anarchiste peut l'emporter. Les galeries sont alors inondées, coinçant l'équipe d'Étienne au fond du puits. Hennebeau reçoit la Légion d'honneur, tandis que les mineurs tentent de secourir les survivants.

Étienne, Chaval et Catherine sont prisonniers au fond de la mine. Étienne tue Chaval. Catherine et lui deviennent enfin amants, malgré le cadavre, la faim et la peur... Catherine finit par mourir. Étienne est hospitalisé quelques semaines, puis s'en va à Paris. Il garde espoir et foi dans la lutte pacifique contre les inégalités, même si les ouvriers ont perdu cette bataille.

III. PRÉSENTATION DES PERSONNAGES PRINCIPAUX

Étienne Lantier

Fils de Gervaise Macquart et d'Auguste Lantier, il porte en lui un héritage génétique qui développerait sa violence et un penchant alcoolique. Chassé de Lille, il arrive à Montsou et y devient herscheur grâce au soutien de la famille Maheu (dont il désire la fille Catherine). Bon ouvrier, Étienne découvre le socialisme et se cultive beaucoup, avec l'aide de Pluchart, son ancien contremaître. Il est logé chez Rasseneur. Étienne devient rapidement leader de la grève, ce qui lui sera reproché après la débâcle.

Bonnemort

Il s'agit de Vincent, le grand-père de la famille.

Catherine Maheu

Catherine est une jeune fille rousse âgée de 15 ans, fille des Maheu. Elle aime Étienne, mais est contrainte de s'unir à Chaval. Elle aussi est herscheuse au Voreux, l'une des fosses minières. Elle meurt après s'être donnée à Étienne au fond de la mine.

La Maheude

Femme de Toussaint, elle n'hésitera pas à descendre dans la mine pour nourrir les membres survivants de sa famille. Elle est déterminée, courageuse.

Toussaint Maheu

Le père de famille est haveur. Il meurt tué par les soldats.

Zacharie Maheu

Fils aîné des Maheu, Zacharie a 21 ans. Il a deux enfants avec Philomène, mais décède lors d'une recherche pour retrouver sa sœur.

Chaval

Chaval a vingt-cinq ans. Il est l'ennemi juré d'Étienne Lantier tout au long du roman, car non seulement il s'est imposé à Catherine, mais en plus il n'hésite pas à trahir ses camarades pour sa propre ambition. Étienne finira par le tuer, au fond de la mine inondée.

Souvarine

Souvarine est un réfugié russe, partisan d'une révolte anarchiste et nihiliste. Contrairement à Étienne, il ne croit pas dans la révolution pacifiste. C'est d'ailleurs lui qui provoque l'effondrement du Voreux. Âgé d'une trentaine d'années, il loge aussi chez les Rasseneur.

M. Hennebeau

Le directeur de la Compagnie des mines de Montsou a une cinquantaine d'années. Sa femme le trompe avec l'ingénieur. D'origine modeste, il a gravi un à un les échelons.

Négrel

Ingénieur, il est le neveu de M. Hennebeau... et donc l'amant de sa propre tante !

M. Deneulin

Cousin de Grégoire, il finit par vendre ses mines (Vandame et Jean-Bart)

Maigrat

Maigrat est un épicier sans pitié, qui exploite la famine des mineurs pour coucher avec leurs femmes et leurs filles. Il sera émasculé et tué par ces femmes lors des barricades.

IV. AXES DE LECTURE

La peinture du monde ouvrier

Germinal est une œuvre majeure en termes de peinture du monde ouvrier, en pleine crise industrielle. Zola s'y montre extrêmement précis dans sa description de la vie quotidienne, de la pénibilité du labeur, des conditions de vie des mineurs et de leurs souffrances. Du point de vue de la fiction, il a reproduit les schémas de pouvoir et de rivalités entre la Compagnie, les mineurs et entre ces derniers eux-mêmes ; géographiquement, les mines du Nord sont utilisées comme autant d'espaces symboliques et réels. Corons, fosses, autant de trajets représentatifs de la société du Nord… Tout semble annoncer l'explosion finale.

Le monde des mineurs est piégé de tous les côtés : privation de liberté, routine obsessionnelle au sein de galeries de mines, blessures et décès, accidents de travail, privation de nourriture, de chaleur, de futur. Les idées socialistes d'Étienne et les rêves d'un futur meilleur sont la seule clé d'évasion susceptible de nourrir la révolte. En cela, Zola a magistralement construit le contraste avec le mode de vie des bourgeois, où tout n'est que chaleur, cocon, confort et place pour l'individu (contrairement à la promiscuité des corons). Seule la sexualité est un moteur d'énergie différent dans ce monde clôt : mais elle ne semble que destinée à faire naître de nouveaux exploités.

Naturalisme et hérédité

Pour parvenir à ce chef-d'œuvre, Zola s'est beaucoup documenté, tant par la lecture que par un voyage à Anzin en 1884. Il a fiché, retranscrit, annoté tout ce qu'il pouvait pour comprendre et réutiliser ce « monde des mineurs » dans sa propre fiction. On retrouve là cette ambition scientifique et expérimentale si prégnante chez les écrivains naturalistes (Zola était d'ailleurs très influencé par les travaux de Claude Bernard).

Autre thématique récurrente dans la lignée des *Rougon-Macquart* : la force de l'hérédité dans les comportements (déviants, souvent) des personnages. À l'image du réalisme d'un Flaubert ou d'un Balzac, Zola s'interroge sur l'influence d'un milieu et de l'héritage génétique sur un individu, une perspective qu'il a affirmée dès 1868. Ainsi, Étienne

Lantier semble prédisposé à boire ou à être violent, en raison notamment de l'histoire de sa propre mère, Gervaise, qui nous est racontée dans *l'Assommoir*.

La signification du titre

« Germinal » est aussi le nom d'un mois républicain, qui correspond au printemps. Symboliquement, l'image est forte et semble annoncer un renouveau positif de la condition ouvrière. La fin du roman montre aussi des plantes qui bourgeonnent… si cette révolte a échoué, ce renouveau printanier symbolise un espoir dans la révolution ouvrière future.

Les choix romanesques

Zola n'a pas totalement cédé aux contraintes du naturalisme. Ses personnages incarnent bien des lois, des forces, des positions sociales, des milieux, des « types », mais ils gardent aussi une part d'individualité.

Il est vrai que l'on retrouve bien quelques oppositions manichéennes : le rentier contre l'investisseur (Grégoire contre Deneulin), etc. Mais cela permet de servir le travail sur l'opposition entre mondes du travail et du capital, opposition annonciatrice de la violence à venir.

Mais les personnages, malgré leur conditionnement, peuvent évoluer. C'est le cas d'Étienne qui, malgré sa prédisposition au meurtre, se transforme en héros.

On retrouve alors un véritable déploiement dramatique : le roman a une dimension sociale, mais également romanesque. On y retrouve des schémas narratifs plutôt courants, à l'image de ceux du roman noir. Zola a fait de son *Germinal* le récit annonciateur d'une catastrophe, en jouant de nombreux genres, images, paysages. Il fait du Nord l'espace d'une tragédie et, quelque part aussi, d'un mythe. Ainsi, l'air, le grisou, le feu, l'inondation finale et la terre sont les éléments d'un cataclysme à dimension quasi mythique, et épique.

Dans la même collection en numérique

Les Misérables
Le messager d'Athènes
Candide
L'Etranger
Rhinocéros
Antigone
Le père Goriot
La Peste
Balzac et la petite tailleuse chinoise
Le Roi Arthur
L'Avare
Pierre et Jean
L'Homme qui a séduit le soleil
Alcools
L'Affaire Caïus
La gloire de mon père
L'Ordinatueur
Le médecin malgré lui
La rivière à l'envers - Tomek
Le Journal d'Anne Frank
Le monde perdu
Le royaume de Kensuké
Un Sac De Billes
Baby-sitter blues
Le fantôme de maître Guillemin
Trois contes
Kamo, l'agence Babel
Le Garçon en pyjama rayé
Les Contemplations

Escadrille 80

Inconnu à cette adresse

La controverse de Valladolid

Les Vilains petits canards

Une partie de campagne

Cahier d'un retour au pays natal

Dora Bruder

L'Enfant et la rivière

Moderato Cantabile

Alice au pays des merveilles

Le faucon déniché

Une vie

Chronique des Indiens Guayaki

Je voudrais que quelqu'un m'attende quelque part

La nuit de Valognes

Œdipe

Disparition Programmée

Education européenne

L'auberge rouge

L'Illiade

Le voyage de Monsieur Perrichon

Lucrèce Borgia

Paul et Virginie

Ursule Mirouët

Discours sur les fondements de l'inégalité

L'adversaire

La petite Fadette

La prochaine fois

Le blé en herbe

Le Mystère de la Chambre Jaune

Les Hauts des Hurlevent

Les perses

Mondo et autres histoires

Vingt mille lieues sous les mers

99 francs

Arria Marcella

Chante Luna

Emile, ou de l'éducation

Histoires extraordinaires

L'homme invisible

La bibliothécaire

La cicatrice

La croix des pauvres

La fille du capitaine

Le Crime de l'Orient-Express

Le Faucon malté

Le hussard sur le toit

Le Livre dont vous êtes la victime

Les cinq écus de Bretagne

No pasarán, le jeu

Quand j'avais cinq ans je m'ai tué

Si tu veux être mon amie

Tristan et Iseult

Une bouteille dans la mer de Gaza

Cent ans de solitude

Contes à l'envers

Contes et nouvelles en vers

Dalva

Jean de Florette

L'homme qui voulait être heureux

L'île mystérieuse

La Dame aux camélias

La petite sirène

La planète des singes

La Religieuse

1984 A l'Ouest rien de nouveau

Aliocha

Andromaque

Au bonheur des dames

Bel ami

Bérénice

Caligula

Cannibale

Carmen

Chronique d'une mort annoncée

Contes des frères Grimm

Cyrano de Bergerac

Des souris et des hommes

Deux ans de vacances

Dom Juan

Electre

En attendant Godot

Enfance

Eugénie Grandet

Fahrenheit 451

Fin de partie

Frankenstein

Gargantua

Germinal

Hamlet

Horace

Huis Clos

Jacques le fataliste

Jane Eyre

Knock

L'homme qui rit

La Bête humaine

La Cantatrice Chauve

La chartreuse de Parme

La cousine Bette

La Curée

La Farce de Maitre Pathelin

La ferme des animaux

La guerre de Troie n'aura pas lieu

La leçon

La Machine Infernale

La métamorphose

La mort du roi Tsongor

La nuit des temps

La nuit du renard

La Parure

La peau de chagrin

La Petite Fille de Monsieur Linh

La Photo qui tue

La Plage d'Ostende

La princesse de Clèves

La promesse de l'aube

La Vénus d'Ille

La vie devant soi

L'alchimiste

L'Amant

L'Ami retrouvé

L'appel de la forêt

L'assassin habite au 21

L'assommoir

L'attentat

L'attrape-coeurs

Le Bal

Le Barbier de Séville

Le Bourgeois Gentilhomme

Le Capitaine Fracasse

Le chat noir

Le chien des Baskerville

Le Cid

Le Colonel Chabert

Le Comte de Monte-Cristo

Le dernier jour d'un condamné

Le diable au corps

Le Grand Meaulnes

Le Grand Troupeau

Le Horla

Le jeu de l'amour et du hasard

Le Joueur d'échecs

Le Lion

Le liseur

Le malade imaginaire

Le Mariage de Figaro

Le meilleur des mondes

Le Monde comme il va

Le Parfum

Le Passeur

Le Petit Prince

Le pianiste

Le Prince

Le Roman de la momie

Le Roman de Renart

Le Rouge et le Noir

Le Soleil des Scortas

Le Tartuffe

Le vieux qui lisait des romans d'amour

L'Ecole des Femmes

L'Ecume Des Jours

Les Bonnes

Les Caprices de Marianne

Les cerfs-volants de Kaboul

Les contes de la Bécasse

Les dix petits nègres

Les femmes savantes

Les fourberies de Scapin

Les Justes

Les Lettres Persanes

Les liaisons dangereuses

Les Métamorphoses

Les Mouches

Les Trois mousquetaires

L'étrange cas du Dr Jekyll et de Mr Hyde

L'Ile Au Trésor

L'île des esclaves

L'illusion comique

L'Ingénu

L'Odyssée

L'Ombre du vent

Lorenzaccio

Madame Bovary

Manon Lescaut

Micromégas
Mon ami Frédéric
Mon bel oranger
Nana
Ne tirez pas sur l'oiseau moqueur
Notre-Dame de Paris
Oliver twist
On ne badine pas avec l'amour
Oscar et la dame rose
Pantagruel
Le Misanthrope
Perceval ou le conte du Graal
Phèdre
Ravage
Roméo et Juliette
Ruy Blas
Sa Majesté des Mouches
Si c'est un homme
Stupeur et tremblements
Supplément au voyage de Bougainville
Tanguy
Thérèse Desqueyroux
Thérèse Raquin
Ubu Roi
Un Barrage contre le Pacifique
Un long dimanche de fiançailles
Un secret
Vendredi ou la vie sauvage
Vipère au poing
Voyage au bout de la nuit
Voyage au centre de la terre
Yvain ou le Chevalier au lion
Zadig

À propos de la collection

La série FichesdeLecture.com offre des contenus éducatifs aux étudiants et aux professeurs tels que : des résumés, des analyses littéraires, des questionnaires et des commentaires sur la littérature moderne et classique. Nos documents sont prévus comme des compléments à la lecture des oeuvres originales et aide les étudiants à comprendre la littérature.

Fondé en 2001, notre site FichesdeLectures.com s'est développé très rapidement et propose désormais plus de 2500 documents directement téléchargeables en ligne, devenant ainsi le premier site d'analyses littéraires en ligne de langue française.

FichesdeLecture est partenaire du Ministère de l'Education du Luxembourg depuis 2009.

Plus d'informations sur www.fichesdelecture.com

Notes :